RECHERCHES BIBLIOGRAPHIQUES

SUR LE

ROMAN D'ASTRÉE

PAR

Aug. BERNARD.

A PARIS		A LYON
Chez Dumoulin, libraire,		Chez Aug. Brun, libraire,
quai des Augustins.		rue du Plat.

1859.

RECHERCHES BIBLIOGRAPHIQUES

SUR LE

ROMAN D'ASTRÉE

—◦⦿◦—

Quoique tout semble avoir été dit sur le célèbre roman d'*Astrée*, il reste cependant encore une face de son histoire à raconter, et ce n'est pas la moins curieuse, à mon avis : je veux parler des vicissitudes bibliographiques de ce livre fameux. J'ai déjà traité ce sujet, il est vrai, dans ma monographie des d'Urfé (1) ; mais je l'ai fait d'une façon incomplète. J'ai recueilli depuis de nombreux renseignements qui ne me paraissent pas indignes d'être publiés (2). Ces détails sont d'ailleurs indispensables pour écrire une histoire littéraire sérieuse de l'*Astrée*, et je m'étonne que M. de Loménie, qui a récemment publié, dans la *Revue des Deux Mondes* (3), une étude sur ce roman, n'ait pas

---

(1) *Les d'Urfé*, in-8, 1839.

(2) Comme je n'ai pas la prétention d'avoir dit le dernier mot sur ce sujet, je fais un appel à l'obligeance de ceux qui pourraient avoir de nouveaux documents à me communiquer.

(3) Numéros du 1er décembre 1857 et du 15 juillet 1858. M. de Loménie m'a fait l'honneur de citer plusieurs fois dans son travail ma monographie des Urfé, publiée il y a une vingtaine d'années. Il a accepté quelques-unes de mes idées, il en a rejeté d'autres, comme c'était son droit ; mais j'avoue que, dans ce dernier cas, les raisons qu'il a données pour justifier sa divergence d'opinion ne m'ont pas paru assez convaincantes pour me faire changer d'avis. Aussi n'est-ce pas pour soutenir ma thèse ancienne que je prends la plume ; je relèverai toutefois ici en passant une assertion erronée. M. de Loménie me reproche de n'avoir pas nommé l'abbé d'Artigny, auquel j'aurais, selon lui, emprunté mes arguments contre le système de Patru relativement à sa prétendue clef de l'*Astrée* (*Revue* du 1er décembre 1857, page 630). C'est une grave erreur. Je n'ai rien emprunté à l'abbé d'Artigny ; mes arguments sont tirés de documents originaux et la plupart inédits, que n'avait pu connaître cet auteur. C'est ce qu'aurait remarqué M. de Loménie s'il avait lu mon livre avec plus d'attention.

fait précéder son appréciation de recherches bibliographiques qui auraient rendu sa tâche plus facile.

L'auteur de l'*Astrée*, le cinquième des six enfants mâles de Jacques d'Urfé, premier du nom, bailli de Forez, naquit le 11 février 1567 (1568 nouveau style), à Marseille, où sa mère, Renée de Savoie, était sans doute venue rendre visite à Honoré de Savoie, son frère, comte de Tendes, gouverneur de la Provence pour le roi, et qui fut le parrain du nouveau-né. Quelques biographes ont écrit qu'Honoré d'Urfé fut élevé près de son parent ; mais il dit positivement dans ses ouvrages avoir passé les premières années de sa jeunesse sur les bords du Lignon, et par conséquent dans le Forez. Ce qu'il y a de certain, c'est qu'il se trouvait, en 1583, avec ses deux plus jeunes frères, au collége de Tournon en Vivarais. Il y étudiait probablement depuis quelques années, puisque les pères jésuites qui avaient l'administration de cet établissement eurent assez de confiance dans son savoir pour le charger, tout jeune qu'il était, de la rédaction d'un petit livret destiné à conserver le souvenir des cérémonies qui eurent lieu à l'occasion de la première entrée de Madeleine de La Rochefoucauld dans la ville de Tournon, dont elle avait épousé le seigneur.

Après sa sortie du collége, qui eut lieu vers l'année 1585, Honoré d'Urfé, rentré dans son pays, vécut quelques années au château de la Bâtie, dans cette quiétude d'esprit qui précède l'âge des passions. Il écrivit alors, en l'honneur de *madamoiselle de La Rocheturpin*, un petit poëme dont nous ne connaissons que le titre, que nous a conservé son frère aîné, Anne, dans un sonnet adressé à cette dame. Il était intitulé *le Triomphe d'amour*. Peut-être est-ce là le premier plan du *Sireine*, dont nous parlerons dans un instant (1).

Mais bientôt les circonstances vinrent tirer Honoré de sa retraite. Forcé de prendre parti dans le conflit politique qui déchirait la France, il se fit ligueur, entraîné sans doute par l'exemple de ses frères et par les idées dominantes de l'époque. Enfin, après différentes fortunes, dont il est inutile de parler ici, nous apprenons de lui qu'il était prisonnier à Montbrison en septembre 1595, et qu'il écrivit là, pour occuper ses loisirs, des *Epîtres morales* qui furent imprimées trois ans après à Lyon, par Jacques Roussin.

---

(1) M. de Loménie, qui adopte en grande partie le système developpé par Patru dans sa *Clef de l'Astrée*, suppose qu'Honoré d'Urfé put devenir alors amoureux de sa belle-sœur, qu'il épousa vingt ans après, et il cite à ce sujet (page 631) la dédicace des *Epîtres morales*, adressée « à une *dame* qui n'est pas autrement désignée, et qui « pourrait bien être la belle Diane de Châteaumorand. » Avec de semblables raisonnemens, on peut aller loin. Pourquoi cette dame ne serait-elle pas tout simplement mademoiselle de La Rocheturpin, à laquelle il avait jadis adressé son *Triomphe d'amour ?*

Au sortir de sa prison, Honoré d'Urfé, qui ne pouvait être que fort mal reçu à la cour de Henri IV, se retira auprès du duc de Savoie, qui l'accueillit parfaitement à double titre, comme ligueur et comme parent. Il en reçut plusieurs charges honorables, entre autres celle de chambellan. Mais ces charges, que sa naissance et sa position lui faisaient un devoir d'accepter, ne l'empêchèrent pas de suivre son premier dessein. Dès la fin de l'année 1596, ayant pu jouir enfin de ce calme auquel il aspirait après la tempête, Honoré suivit l'exemple de son frère aîné, Anne, et s'adonna entièrement à la littérature. Chambéry était sa résidence ordinaire; il s'y lia d'amitié avec plusieurs personnages de distinction, dont il fit sa société habituelle. C'est dans cette espèce de retraite qu'il écrivit son *Sireine*, qu'il conçut le plan de la *Savoysiade*, et qu'il mit en ordre ses *Epîtres morales*, publiées peu de temps après (1).

En 1599, par suite de certains arrangements de famille, Jac

---

(1) M. de Loménie, qui cherche partout des *indices* à l'appui du conte de Patru, cite une édition des *Epîtres morales* avec une dédicace à la reine Marguerite, où on lit : « Je n'aurois pas eu la har- « diesse de les vous offrir, si le commandement que vous m'avez fait « autrefois de les vous lire, et la peine que vous avez prise de les « écouter, ne me donnoit assurance que vous les recevrez de bon « œil. » — « Et comme, si je ne me trompe, ajoute-t-il, de 1595 à 1598, Marguerite n'a pas quitté le château d'Usson, ce serait dans ce château même qu'aurait eu lieu la lecture dont parle d'Urfé. » J'ignore à quelle édition des *Epîtres morales* parut pour la première fois cette dédicace à Marguerite (je ne l'ai vue qu'à celle de 1620) ; mais elle n'était pas certainement à la première, publiée en 1598. Or, comme Honoré d'Urfé, au sortir de la prison où il écrivit ses *Epîtres*, en septembre 1595, à Montbrison, se retira en Savoie, où il résida constamment jusqu'en 1598, ainsi que le constatent les dates inscrites dans le manuscrit dont j'ai parlé page 144 de ma monographie des d'Urfé (manuscrit que j'ai cédé depuis à la Bibliothèque impériale, où tout le monde peut le consulter), il en résulte qu'Honoré ne put pas être prisonnier de la reine Marguerite au château d'Usson, en Auvergne, comme le rapporte Patru, et qu'il ne put lire, par conséquent, alors ses épîtres à cette princesse, comme le croit M. de Loménie. Ajoutons à cela qu'Honoré d'Urfé ne pouvait être fait prisonnier par la reine Marguerite de 1595 à 1598, par la raison bien simple que le pays était alors entièrement pacifié, et qu'on n'y reconnaissait que l'autorité du roi. Quant à la dédicace dont parle M. de Loménie, elle s'explique tout naturellement par la lecture qu'Honoré aurait faite à la reine Marguerite de quelques-unes des épîtres des *deuxième* et *troisième* livres, qui furent ajoutés successivement à l'ouvrage primitif, lecture qui aurait eu lieu à Paris, lorsque l'auteur eut acquis une certaine illustration. Voilà pourquoi, en effet, nous ne trouvons cette dédicace à Marguerite que dans les dernières éditions des *Epîtres morales*. Tout cela est clair, il me semble : aussi renverrai-je simplement pour tous ces détails à mon livre même, qui ne laisse rien à désirer sous ce rapport.

ques d'Urfé, qui venait d'être nommé bailli de Forez, en remplacement d'Anne, son aîné, remit à Honoré d'Urfé le comté de Châteauneuf en Bresse, dans lequel étaient compris la terre de Senoil et le château de Virieu-le-Grand, que celui-ci habitait parfois. En 1602, le 18 avril, Honoré d'Urfé fit hommage de ce fief au roi Henri IV, qui venait de prendre possession de la Bresse, du Bugey, du pays de Gex, du Valromey, etc., cédés à la France par le duc de Savoie, en échange du marquisat de Saluces, le 17 janvier 1601.

Vers 1603, Honoré épousa sa belle-sœur, Diane de Châteaumorand, séparée d'Anne d'Urfé par une bulle datée du mois de janvier 1599. Ce mariage valut à Honoré le titre de baron de Châteaumorand. Il vint même habiter alors cette résidence forésienne; mais il n'y resta guère, s'étant bientôt dégoûté de sa femme, dont les habitudes étaient insupportables, et qu'il n'avait épousée d'ailleurs que pour ne pas laisser sortir de la famille les grands biens qu'elle y avait apportés. Il retourna alors dans sa terre de Virieu, d'où il surveillait les éditions successives de ses *Epitres morales* et de son *Sireine*, et où il écrivit plusieurs chants de sa *Savoysiade*, poëme qu'il n'acheva jamais toutefois, parce qu'il entreprit vers la même époque un travail d'un intérêt plus réel pour lui, et qui absorba depuis ses courts loisirs.

Jeté, comme par un destin fatal, sur une terre étrangère, il se rappelait toujours avec bonheur les bords gracieux du Lignon, où il avait passé en liberté les plus belles années de sa jeunesse. C'est sous l'influence de ces deux souvenirs, et dominé par l'idée vraie des besoins ou des goûts de son époque, qu'il écrivit l'*Astrée*, dont nous allons parler uniquement maintenant.

Le premier volume de l'*Astrée* parut en 1608, et non en 1610, comme on l'a cru jusqu'ici. En effet, un passage des Mémoires de Bassompierre (1) nous apprend qu'au mois de janvier 1609 le roi Henri IV, tourmenté par une attaque de goutte, se faisait lire toutes les nuits « le livre de l'*Astrée*, qui « estoit lors en vogue. »

On ne connaît aucun exemplaire de cette première édition, qui a été détruite tout entière par l'usage. Le livre n'était pas alors dédié à Henri IV, comme il le fut plus tard. La dédicace parut pour la première fois à la *seconde partie*, publiée en 1610. Ce n'est que dans les éditions subséquentes qu'on a transporté la dédicace du second au premier volume. Mais, à l'époque de la publication de celui-ci, on était encore trop voisin de la Ligue pour que l'auteur eût pu se montrer aussi *royaliste*.

La première édition de la première partie n'avait probablement pour pièce liminaire que l'allocution de *l'autheur à la*

---

(1) T. XIX. p. 285, de la collection Petitot.

bergère Astrée, qu'on trouve à toutes les éditions. Cette pièce nous révèle bien l'origine et le but du livre d'Honoré d'Urfé : l'origine, c'est l'amour de son pays natal ; le but, c'est la glorification de ce même pays. « Si quelqu'un, dit-il à sa bergère, « me blâme de t'avoir choisi un théâtre peu renommé en Europe... réponds-lui... que c'est le lieu de ta naissance ; que ce « nom de Forest sonne je ne says quoy de champestre, et que « le pays est tellement composé, et mesme le long de la rivière « de Lignon, qu'il semble qu'il convie chacun à y vouloir passer « une vie semblable... » Et plus loin : « Nous devons cela au « lieu de nostre naissance et de nostre demeure, de le rendre le « plus honoré et renommé qu'il nous est possible... N'eust esté « Hésiode, Homère, Pindare et ces autres grands personnages « de la Grèce, le mont de Parnasse ny l'eau d'Hypocrène ne « seroient pas plus estimez maintenant que vostre mont d'Isoure « et l'onde du Lignon. »

Honoré d'Urfé semble avoir réalisé pour un temps cette hypothèse, grâce au bruit que fit son livre à son apparition. Pour se faire une idée du succès prodigieux qu'il obtint, succès qui est attesté par les écrits de tous les contemporains, il faut se reporter vers l'époque célèbre où ce livre fut publié. Après les guerres religieuses qui signalèrent les quarante dernières années du seixième siècle, on se mit à jouir avec délices des années de paix dont l'avénement de Henri IV au trône fut le résultat. La noblesse en particulier parut pendant un temps ne plus songer qu'au repos. L'amour devint presque l'unique occupation de ces hauts et puissants seigneurs que la paix laissait inoccupés dans leurs châteaux, dans leurs hôtels. Ce ne fut pas une passion ; mais une mode, un sujet de *devis*.

Dans de telles circonstances, l'*Astrée* ne pouvait être que bien accueillie. Encouragé par le succès de son premier volume, Honoré d'Urfé s'occupa immédiatement d'écrire la suite du roman.

La seconde partie de l'*Astrée* parut en 1610, en un volume in-8, orné d'un titre gravé en taille douce, qui représente *Céladon* et *Astrée* vis-à-vis l'un de l'autre. Ce titre porte le nom du graveur *Firens*. Le volume commence par la dédicace *au roy*, suivie de l'allocution de *l'autheur au berger Céladon*, et finit par un *extrait du privilége*, daté du 15 février 1610, dont voici le début : « Par lettres patentes de Sa Majesté, il est permis à Jean Micard, marchand libraire, et à Toussaint du Bray, aussi marchand libraire, juré en l'Université de Paris, d'imprimer ou faire imprimer par qui bon leur semblera la *première* et la *seconde* partie d'*Astrée*, de messire Honoré d'Urfé, gentilhomme ordinaire de la chambre du roy, capitaine de cinquante hommes d'armes de ses ordonnances, comte de Chasteauneuf, baron de Chasteaumorand, etc. »

Il y a trois observations à faire sur cet extrait : 1° on voit qu'Honoré d'Urfé était devenu un personnage important à la cour de France depuis la publication de son premier volume ; 2° on réimprima sans doute la première partie de l'*Astrée* en même temps qu'on imprima la seconde ; 3° l'*Astrée* eut deux libraires en titre : Jean Micard, qui avait déjà publié pour le même auteur deux éditions des *Epîtres morales* (1603 et 1608) et deux éditions du *Sireine* (16... et 1606), et Toussaint du Bray. Nous voyons, en effet, figurer le nom de ces deux libraires sur les plus anciens volumes de l'*Astrée* qui nous soient parvenus. Celui de Toussaint du Bray se trouve sur le titre gravé d'un exemplaire de la première édition de la seconde partie, daté de 1610, et conservé dans la bibliothèque publique de Marseille, volume d'où nous avons tiré l'extrait du privilége donné plus haut (1). Nous trouvons celui de Micard sur ce même titre gravé d'un exemplaire de cette même deuxième partie conservé à la bibliothèque de l'Arsenal, à Paris (15,488, A. 2), titre daté également de 1610, mais joint à un texte d'une édition postérieure, car le livre porte un titre *imprimé* daté de 1618, au nom du libraire Remy Dallin, qui avait sans doute succédé à Micard, mort peu de temps avant.

Le titre gravé par Firens offre dans le bas un passe-partout ou cartouche où on pouvait mettre alternativement le nom des deux libraires titulaires.

La deuxième partie de l'*Astrée* ne fut pas moins bien accueillie du public que la première. L'auteur, encouragé par son succès, s'occupa dès lors de la troisième partie, et paraît même avoir traité pour cela avec ses libraires, car ceux-ci publièrent en 1612 le premier volume d'une édition in-4 sur le titre duquel on lit : « L'*Astrée*, divisée en trois parties, de messire Honoré d'Urfé, etc. » On en conserve à la Bibliothèque impériale un exemplaire au nom de Micard (Y *bis* 450, réserve) ; mais il paraît qu'il y en a eu jadis un au nom de Toussaint du Bray, car le catalogue manuscrit de cet établissement en fait mention.

Toutefois Honoré d'Urfé ne put pas remplir son engagement aussitôt qu'il l'eût voulu. Détourné de ses travaux littéraires par ses fonctions auprès du duc de Savoie, il s'écoula plusieurs années avant qu'il pût satisfaire la curiosité du public. Las d'attendre la troisième partie, ses libraires publièrent , en 1616, le deuxième volume de l'édition in-4, avec ce simple titre : « L'*Astrée* de messire Honoré d'Urfé. » (Bibl. imp., Y *bis*, 450, réserve.)

Les mêmes libraires publièrent aussi, vers le même temps, au moins une édition in-8 des deux premiers volumes. La pre-

---

(1) Nous devons tous les renseignements que nous donnons sur ce précieux volume à M. Brun, sous-bibliothécaire de Marseille, qui a pris la peine de transcrire en entier et de nous envoyer l'extrait du privilége.

mière partie de cette édition, que j'ai vue le 7 juillet 1859, à la vente des livres du château d'Etoges (n° 622 du catalogue), est ornée d'un titre gravé par *Matheus*, représentant, comme celui de Firens, *Céladon* et *Astrée*. Dans le cartouche du haut, le titre du livre est suivi de la date de 1615. Dans le cartouche du bas, le nom du libraire, Olivier de Varennes, est suivi de la date 1614. L'inscription de ces deux dates différentes sur la même page semble indiquer l'existence de deux tirages qui auraient eu lieu à un an d'intervalle, et sur l'un desquels on aurait oublié de corriger une des deux dates. Quant à l'apparition du nom d'Olivier de Varennes, elle est expliquée par une note de quatre lignes ajoutée dans ce volume après le privilége du 15 février 1610, au nom de Micard et du Bray, note portant que, par accord du 28 mai 1614, *ledit Micard* avait associé le libraire Olivier de Varennes à la vente du livre.

Micart mourut sans doute sur ces entrefaites, car nous voyons en 1616 Toussaint du Bray et Olivier de Varennes solliciter et obtenir, le 25 mai, un privilége pour *l'Astrée en trois parties*, privilége qui paraît sur une nouvelle édition in-8° des deux premières, qu'ils publièrent vers cette époque, et dont la Bibliothèque impériale possède un exemplaire (*Y bis*, 452, 1 et 2). Ces volumes, qui malheureusement n'ont plus de titres en caractères mobiles, sont ornés tous deux d'un titre en taille-douce, le premier au nom de Matheus, avec la date de 1615, restée de la précédente édition, le second au nom de Firens, sans date. Tous deux portent, dans le cartouche du bas, le nom du libraire Toussaint du Bray. Il y eut sans doute d'autres exemplaires au nom d'Olivier de Varennes.

L'impatience du public étant arrivée à son comble en 1617, un libraire tenta de la satisfaire par une indiscrétion. Je possède un petit volume in-8° de 289 pages, intitulé: « La troisième partie de l'*Astrée*, par Honoré d'Urfé, gentilhomme ordinaire, etc. A Arras, jouxte la coppie imprimée chez Robert Maudhuy et François Bauduin, libraires-jurés. — 1618. — Avec permission. » On voit sur le titre de ce livre un petit fleuron grossièrement gravé, représentant un cœur enflammé, au-dessous duquel est écrit le mot CHRISTVS. Le tout se trouve sur une tablette tenue par deux mains sortant des nuages. J'ai trouvé ce curieux volume à Chambéry, dans la bibliothèque d'un de mes amis, qui a bien voulu me le céder.

Cette impression anonyme en suppose une antérieure, faite *avec permission* par Robert Maudhuy et François Bauduin. Peut-être n'est-ce qu'une ruse de librairie pour faire passer cette contrefaçon ; toutefois je puis citer un fait qui semble justifier la première opinion. On trouve dans les Mémoires du duc de La Force une lettre à lui adressée de la part de sa belle-fille, en date du 19 décembre 1617, et dans laquelle on lui recommande de ne pas oublier d'acheter la troisième partie de l'*Astrée*, si cette troisième partie était imprimée, comme on l'avait assuré à cette dame (1). Veut-elle parler ici de la première édition de notre petit volume, qui aurait été publiée dès 1617, ou bien ce qu'on lui avait assuré n'était-il qu'un bruit fondé sur le privilége des trois premières parties de l'*Astrée*, imprimé en tête de l'édition des deux premières dont je viens de parler ? C'est ce que je ne saurais dire. En tous cas, la première édition de mon petit volume n'aurait pu être imprimée à Paris, où il n'y eut jamais ni imprimeurs ni libraires appelés Robert Maudhuy et François Bauduin.

Quoi qu'il en soit, il paraît que l'éditeur de cette *troisième partie d'Astrée* avait eu communication du manuscrit d'Honoré d'Urfé, car on retrouve là les trois premiers livres de la troisième partie publiée plus tard par l'auteur lui-même.

Voici ce que dit le libraire au public dans un avis *aux liseurs* imprimé après le titre, pour excuser son indiscrétion : « Enfin ceste troisiesme partie de l'*Astrée* de messire Honoré d'Urfé, rompant toutes les difficultés, est eschappée du cabinet de son autheur, où elle estoit détenue comme prisonnière, et ayant passé monts et vallées, vient vous entretenir de ses agréables discours. Un cavalier bien qualifié, et ami des muses, à qui elle a esté envoyée de bonne part, désireux de contribuer à vos honnêtes passe-temps, me l'a mise ès mains pour la vous communiquer. Le respect que je luy doibs et l'honneur que je reconnois qu'avez faict à l'autheur, employant vos loisirs à la lecture des deux précédentes, leur donnant entrée en vos honorables compagnies, m'ont fait résoudre à la servir et vous pareillement en une si bonne occasion, espérant que vous luy en saurez gré. A Dieu. »

La véritable troisième partie parut enfin en 1619. Elle fut éditée par Toussaint du Bray et Olivier de Varennes. Elle est ornée d'un titre gravé par Léonard Gaultier, représentant, sur le premier plan, *Alexis* (autrement dit *Céladon*) et *Astrée*, et, sur le second plan, le cours du Lignon. Cette gravure offre, comme les deux autres, deux cartouches ou passe-partout, qui permettaient de changer le titre du volume et le nom du libraire. Outre la date inscrite sur le titre, il y en a une autre à côté du nom du graveur.

---

(1) Voici, du reste, ce passage curieux :

« *P. S...* Madame m'a aussi commandé de vous mander que si la troisième partie de l'*Astrée* est imprimée, comme on lui a assuré, que vous l'apportiez avec les deux parties parues précédemment, afin de les faire lire aux petits et à la petite Diane... N'oubliez, s'il vous plaist, cela, car elle croiroit que je ne vous l'aurois mandé ; et si la troisième est imprimée, ne laissez d'apporter la première et la seconde. » (*Mémoires du duc de Caumont La Force*, t. II, p. 456). N'est-ce pas une chose bien étrange pour nous de voir qu'au XVIIe siècle on faisait lire à des enfants un roman qui aurait tant de peine aujourd'hui à intéresser les grandes personnes !

La troisième partie commence par une dédicace au roi Louis XIII, suivie d'une allocution de *l'autheur à la rivière de Lignon*, dont voici le début :

« Belle et agréable rivière de Lignon, sur les bords de laquelle j'ai passé si heureusement mon enfance et la plus tendre partie de ma première jeunesse, quelque payement que ma plume ait pu te faire, j'advoue que je te suis encore grandement redevable pour tant de contentement que j'ay reçu le long de ton rivage, à l'ombre de tes arbres feuillus et à la fraîcheur de tes belles eaux, quand l'innocence de mon aage me laissoit jouyr de moy-mesme, et me permettoit de gouster en repos les bonheurs et les félicitez que le ciel d'une main libérale répandoit sur ce bien heureux pays que tu arruses de tes claires et vives ondes... »

Ensuite vient une ode *au Lignon*, par Baro, secrétaire et ami de l'auteur. Cette ode est composée de huit strophes de dix vers chacune dans l'édition originale. Elle est moins complète dans quelques éditions subséquentes, par suite de certaines exigences typographiques.

Le livre est orné de deux portraits : celui d'Honoré d'Urfé et celui d'Astrée, ou pour mieux dire de Diane de Châteaumorand, sa femme, qu'on commençait alors à identifier avec Astrée, faute de mieux. Ces deux portraits ont été dessinés par Louis Bobrun et gravés par J. Briot. Celui d'Honoré d'Urfé porte la date de 1619. Tous deux sont entourés d'une légende grecque ; au bas de celui d'Honoré d'Urfé on lit ce quatrain :

> Pour tirer au vray ton visage,
> Un savant peintre l'entreprit ;
> Mais nul que toi n'eut le courage,
> Urfé, de peindre ton esprit.

Le peintre dont il est ici question est sans doute Van Dyck, auteur d'un portrait d'Honoré d'Urfé, que la gravure nous a transmis (in-f°).

Le portrait d'Astrée est accompagné de ces vers barbares :

> Duquel prends-tu plus d'avantage,
> Astrée, ou d'estre de ton aage
> Toute la gloire et l'ornement,
> Ou d'avoir l'amour méritée
> D'un berger si fidèle amant,
> Ou qu'Urfé ta gloire ait chantée ?

Le texte du volume se compose de 548 feuillets, après lesquels viennent la table et le privilége accordé à Honoré d'Urfé, et daté du 7 mai 1619. Ce privilége porte qu'Honoré d'Urfé est autorisé à faire imprimer son livre par Olivier de Varennes et Toussaint du Bray. Le volume se termine par cette mention : « Achevé d'imprimer pour la première fois le 3ᵉ juin 1619, » précédée de celle-ci : « L'impétrant a fourni les deux exemplaires de la troisième partie pour la bibliothèque du roy, le 5e juin 1619. — Signé Rigault. » (1).

Ce volume ne fut pas moins bien accueilli que les précédents. On le réimprima plusieurs fois de suite, coup sur coup. La bibliothèque de l'Arsenal possède un exemplaire au nom d'Olivier de Varennes, dont le titre gravé est encore daté de 1619 ; mais la date qui suit le nom du graveur a été changée en 1621 (15,488, C, 3). La même bibliothèque possède un exemplaire au nom de Toussaint du Bray, sans date au titre gravé, mais avec la date de 1623 après le nom du graveur. Le titre imprimé porte la date de 1624 (15,488, A. 3). La Bibliothèque impériale possède un exemplaire au nom des deux libraires (Toussaint du Bray et *veuve* Olivier de Varennes) avec la date de 1627 accompagnant le nom du graveur : le titre imprimé ne porte que le nom de du Bray, 1627 (Y *bis*, 452, 3). Il est bien rare de trouver des volumes uniformes. Au milieu de cette succession d'éditions, on mettait souvent de vieux titres a de nouveaux volumes et réciproquement.

Les autres parties suivaient la même fortune. Outre les éditions déjà citées de la première partie, 1608, 1610, 1612, 1615, 1616, j'en vois une publiée en 1621 par Toussaint du Bray, avec le titre gravé de *Matheus* (Arsenal, 15,488, A. 1) ; une autre édition de ce même volume publiée en 1624 par le libraire Mathurin Hénault, avec un titre gravé particulier, représentant, suivant l'usage, Céladon et Astrée (tous ces frontispices sont copiés sur celui de Firens), mais sans nom d'artiste (Arsenal, 15,488, C. 1). Le privilége de dix ans accordé aux libraires Jean Micard et Toussaint du Bray pour les deux premiers volumes étant expiré depuis longtemps, ces livres étaient sans doute tombés dans le domaine public, et tous les libraires pouvaient les vendre et, par conséquent, les faire imprimer.

Les impressions consécutives des trois premiers volumes de l'*Astrée* faisaient vivement désirer la suite du roman ; mais l'auteur, détourné sans cesse de ses travaux littéraires par les exigences de sa position dans la société, ne pouvait satisfaire l'impatience du public. Cédant enfin aux instances d'une de ses nièces, Gabrielle d'Urfé, Honoré lui communiqua en 1623 ce qu'il y avait d'écrit de la quatrième partie, et cette dame s'empressa d'en faire part au public. Elle traita pour cela avec le libraire François Pomeray, par acte du 6 novembre 1623, et lui céda, le 22 du même mois, le privilége de dix ans qu'elle avait obtenu pour cela deux jours avant. Pomeray s'associa a son tour Toussaint du Bray, Jacques de Sanlecques et la veuve d'Olivier de Varennes (ce dernier était mort le 30 août 1623).

---

(1) J'entre dans tous ces détails parce que M. de Loménie a mis en doute quelques-unes de mes assertions sur l'époque de publication des volumes de l'*Astrée*.

Le livre, mis de suite entre les mains de l'imprimeur, fut achevé le 2 janvier 1624. Il forme un volume in-8° de 945 pages, non compris l'avis *au lecteur*, placé en tête, et l'extrait du privilége, placé à la fin. Je possède un exemplaire de cette édition au nom de Sanlecques; j'en ai vu à la bibliothèque de l'Arsenal un au nom de Pomeray et un autre au nom de la veuve d'Olivier de Varennes ; ce dernier est orné du frontispice gravé de Matheus, dans lequel le titre du livre et le nom du libraire sont imprimés en caractères mobiles dans les passe-partout réservés à cet usage. J'ignore s'il y a des exemplaires de cette édition au nom de Toussaint du Bray, car je n'en ai pas vu ; mais c'est probable. En tous cas, ce libraire en publia une autre la même année ; cette dernière, en plus petits caractères, n'a que 654 pages de texte. Elle est ornée d'un titre en taille douce, sans nom d'artiste, représentant, suivant l'usage, *Céladon* et *Astrée*.

On lit en tête de l'une et l'autre édition un simple avis *au lecteur*, ainsi conçu : « Voicy ceste quatriesme partie d'Astrée, qui a si long temps esté désirée avec tant d'impatience, les grandes supplications que plusieurs personnes de mérite ont faites à monsieur d'Urfé l'ayant obligé de la mettre en lumière, autant pour plaire à ceux qui se sont tesmoignez désireux de la voir, qu'afin de satisfaire à la demande que madamoiselle sa niepce luy en avoit faite. Car lorsque toutes choses sembloient s'opposer au dessein qu'il avoit pris de la parfaire, et que les diverses affaires où il estoit occupé n'en promettoient de long temps la fin, il a voulu mettre au jour ce qu'il en avoit desja fait, luy donnant sa coppie pour en disposer à sa volonté (qui n'a jamais esté autre que d'en faire part à chacun), luy ayant, pour cet effet, envoyé ces *cinq livres* pour les faire imprimer. C'est pourquoy, outre la gloire qui est due à monsieur son oncle, d'avoir continué cet œuvre avec tant de perfection, encore luy est-on particulièrement redevable de ce bienfait, puisqu'elle en a voulu honorer le public, qui en retirera du profit et beaucoup de contentement. »

Comme on vient de le voir, ce volume, malgré sa grosseur, ne renferme que les *cinq* premiers livres de la quatrième partie d'*Astrée*, qui devait en avoir *douze* comme les autres. Soit que Gabrielle d'Urfé n'ait pas suivi rigoureusement les prescriptions de son oncle relativement au manuscrit qu'il lui avait envoyé de Savoie à Paris, soit que les libraires de cette ville aient outrepassé leur droit, suivant Honoré d'Urfé, celui-ci fit saisir le volume aussitôt après son apparition chez du Bray et consorts, comme nous l'apprenons par une note consignée sur un manuscrit de Saugrain conservé aujourd'hui à la Bibliothèque impériale, sous le n° 5030 du Supplément français. Cette note est ainsi conçue : « Arrêt d'appointé, signé des avocats et procureurs des parties, par lequel, sur l'appel d'une commission des requêtes de l'hôtel et permission de saisir, du 24 may 1624, interjeté par du Bray, Sanlecques, le Pomeray, libraires, contre le marquis d'Urfé, la cour a déclaré la saisie faite sur ces libraires, des exemplaires du tome quatrième de l'*Astrée*, injurieuse et déraisonnable ; que les exemplaires leur seront rendus, et le sieur d'Urfé débouté de l'enthérinement des lettres de privilége par lui cédées. »

Cet arrêt prouve, d'une part, que le libraire Pomeray avait traité de bonne foi avec la demoiselle d'Urfé, et, d'autre part, qu'Honoré d'Urfé avait traité de son côté avec un autre libraire pour la publication de la *quatrième partie* complète. Toutefois, l'échec de l'auteur retarda l'impression de son livre.

Comme compensation, Honoré d'Urfé reçut à cette époque une lettre fort curieuse, à lui adressée par vingt-neuf princes ou princesses et dix-neuf grands seigneurs ou dames d'Allemagne, qui, ayant pris les noms des personnages de l'*Astrée*, avaient formé, sous le nom d'*Académie des parfaits amants*, une réunion pastorale à l'imitation de celles qu'on voit figurer dans notre roman. Cette lettre est datée du *Carrefour de Mercure*, le 1er mars 1624. Honoré y est supplié de vouloir bien prendre pour lui le nom de Céladon, qu'aucun des membres de cette étrange Académie n'avait osé s'attribuer, ayant le sentiment de son imperfection.

Soit que le volume publié par la demoiselle d'Urfé ne fût pas encore connu alors en Allemagne, soit que ses défauts l'eussent fait rejeter tout d'abord comme un enfant bâtard, les membres de l'*Académie des parfaits amants* prient instamment l'auteur de l'*Astrée* de vouloir bien leur donner enfin la *quatrième* partie de ce roman, qu'ils attendent depuis trop longtemps, l'assurant qu'ils ont relu si souvent les trois premières, qu'ils pourraient sans peine, grâce à leur mémoire, les redonner au monde dans le cas où tous les volumes viendraient à en être anéantis.

Cette épître fut envoyée à Honoré d'Urfé par un certain Borstel, sieur de Gaubertin, « gentilhomme ordinaire de la chambre du roy, conseiller et agent près Sa Majesté pour quelques-uns des princes de l'Empire. »

Honoré lui adressa en réponse une lettre datée de Châteaumorand, le 10 mars 1625, c'est-à-dire plus d'un an après. Elle ne contient rien de remarquable ; l'auteur dit seulement aux princes allemands qu'il se trouve trop honoré de leur épître, et que la suite de l'*Astrée* va paraître sous leur protection.

Toutefois la mort ne lui permit pas d'accomplir cette promesse. Au mois de mai 1625, Honoré d'Urfé se trouvait à l'avant-garde de l'armée qui prit la Piève, ville de l'État de Gênes, soulevée à l'instigation de l'Espagne ; mais il fut forcé d'abandonner les camps à la suite d'une chute de cheval qu'aggravèrent les rudes travaux de la guerre. Il se fit transporter à Villefranche en Piémont, où il mourut le 1er juin, à l'âge de 57 ans.

Il fut assisté dans ses derniers moments par Charles-Emmanuel d'Urfé, son neveu, et par Gabrielle d'Urfé, sa nièce, qui avait, comme nous avons vu, fait imprimer la quatrième partie de l'*Astrée* que l'auteur avait fait saisir chez du Bray.

A peine Honoré d'Urfé fut-il dans la tombe que la spéculation abusa de sa réputation. Borstel, qui avait été chargé de lui remettre la lettre des princes allemands dont nous venons de parler, ayant à cette occasion obtenu communication de ses manuscrits, en avait fait faire, à ce qu'il paraît, une copie. Aussitôt que l'auteur fut mort, Borstel vendit cette copie, arrangée et complétée, au libraire Robert Fouet, qui sollicita et obtint, le 10 *juillet,* un privilége de dix ans, pour imprimer ou « faire imprimer, tant de fois qu'il voudra, les cinq et sixième « parties de l'*Astrée* de messire Honoré d'Urfé. » Comme on voit, cette publication faisait suite à celle de mademoiselle d'Urfé.

La cinquième partie parut en 1625, mais la sixième seulement en 1626. La première édition de ces deux volumes, qui est fort rare (je ne l'ai vue dans aucune bibliothèque de ! aris), me semble, tant par la disposition typographique que par la forme des caractères, avoir été imprimée en Hollande. Peut-être l'éditeur craignait-il quelque opposition de la part de la famille ; dans ce cas, il n'aurait pas fait entrer son livre en France, mais il en aurait inondé l'Europe, et cela suffisail pour lui faire gagner beaucoup d'argent.

Quoi qu'il en soit, l'exemplaire de cette première édition que je possède a été acheté par moi dans une de mes courses en Allemagne. Il est couvert en parchemin blanc et parfaitement conservé. Outre le titre du livre, on lit sur le dos une mention très-curieuse (*ad usum reginæ*), par laquelle on voit qu'il a appartenu à une reine. Quelle est cette reine ? Je l'ignore ; mais je ne serais pas surpris d'apprendre un jour qu'il s'agit ici de l'une des princesses allemandes composant l'Académie des parfaits amants dont je viens de parler. En tous cas, cet ouvrage a appartenu (je ne saurais dire si c'est après ou avant d'avoir figuré dans la bibliothèque de notre reine inconnue) à un Hollandais bien digne d'avoir fait partie de l'Académie des parfaits amants, si l'on en juge par une lettre d'envoi écrite de sa main sur les gardes du premier volume, et dont voici la copie fidèle :

« Madamoisel,

« Le berger Celadon ne fust jamais tant mordu des charmes « de la belle Astrée, comme le pauvre Lauréns Vander Linden « a esté piccée de beaux cicux de la bellissime STVWERT.

« Et si néanmoins il n'est autre que vostre bien affectionné « serviteur.

« LAURENS VANDER LINDEN *le piccé.* »

Mais c'est assez parlé des possesseurs du livre : venons à sa composition. Le premier volume est orné de trois gravures en taille-douce non signées, représentant, la première, en forme de frontispice (1), une scène de l'Astrée (des chevaliers, couverts de leurs armures, et parlant à un paysan) ; la seconde, le portrait d'Honoré d'Urfé (2), avec ces vers :

> Qui voudroit te voir revestu
> Des ornements que tu mérites,
> Il faudroit peindre les charites,
> L'honneur, la gloire et les vertus.

La troisième, le portrait d'Astrée, avec ce quatrain :

> Laisse ton burin admirable,
> Graveur, quitte ce beau portrait ;
> Sçais-tu pas que le moindre trait
> D'Astrée n'est pas imitable ?

Le texte de ce volume, qui est divisé en six *livres*, forme 628 pages en petits caractères Il est précédé de cinq pièces liminaires : 1° Lettre de Borstel à Honoré d'Urfé, pour lui annoncer l'envoi de la lettre des princes allemands dont je viens de parler ; 2° la lettre même des princes ; 3° la réponse d'Honoré d'Urfé aux princes ; 4° une allocution de l'*autheur aux bergers du Lignon ;* 5° extrait du privilége obtenu par Robert Fouet.

Dans la première de ces pièces, Borstel nous apprend qu'il portait lui-même le nom d'Alcidon dans l'Académie des parfaits amants ; dans la quatrième, Honoré dit à ses bergers qu'ils ont d'autant plus de raisons de se présenter au public qu'on « a semé parmi les Gaules d'autres discours sous leur nom, qui, véritablement, n'estant pas entièrement supposés, peuvent toutefois estre nommés enfants avortons, et tels que ceux auxquels la naissance trop hastée n'a pas donné le loisir de sortir au jour en la perfection qu'ils doivent naturellement prétendre. »

Honoré veut ici parler de la quatrième partie publiée par sa nièce. Néanmoins, on voit que Borstel n'a pas tenu compte de cette préface, car ses deux volumes font suite à celui de mademoiselle d'Urfé.

La sixième partie de Borstel parut, comme je viens de le dire, en 1626. Elle est également ornée de trois gravures ; mais une seule est nouvelle, c'est celle du frontispice, qui représente le siége de Marcilly. On lit le titre du livre en haut, dans un car-

----

(1) On lit en haut, sur un drapeau tenu par une Renommée : « L'Astrée de messire Honoré d'Urfé, 5ᵉ partie ; » et en bas : « Chez Robert Fouet, rue Saint-Jacques, au Temps et à l'Occasion, Avec privilége du roy. »

(2) C'est une copie de celui de Briot, qui se trouve déjà à la 3ᵉ partie publiée en 1619

touche, et dans le bas l'adresse du libraire. Les deux autres gravures sont les portraits que nous avons vus à la cinquième partie.

Ce volume renferme, outre un extrait du privilége, trois pièces liminaires écrites par Borstel : 1° une lettre *aux princes et aux seigneurs de l'Académie des parfaits amants* ; 2° une lettre *aux princesses et aux dames* de la même Académie ; 3° une épitre *à la mémoire de Monsieur d'Urfé*. Dans les deux premières pièces, Borstel réclame l'indulgence des lecteurs ; dans la troisième, il dit, s'adressant à l'auteur : « Les lettres ont perdu un grand esprit, les armes un grand courage, le siècle un grand ornement ; mais vos bergers et bergères y perdent plus que toutes ces choses ensemble... Il faut l'avouer, leur misère m'a fait pitié, et je n'ai pu les voir tendre les bras vers la terre, demander assistance... sans sortir du port, aller après pour les secourir, et me perdre avec eux ou les sauver avec moi... Je me souvenois des paroles que vous me distes la dernière fois que j'eus l'honneur de vous voir. Vous me déclarastes quel succès devoient avoir les fortunes de vos enfants ; et comme si, par une prévoyance surnaturelle, vous eussiez cogneu lors ce qui est arrivé depuis, me conjurastes de ne point publier ces mystères que la saison ne fust venue. Plust à Dieu, grand Urfé, que cette saison ne fust jamais arrivée, puisqu'elle devoit être si triste pour moi ! »

Le texte de ce volume est divisé en deux parties, ayant une pagination distincte. La première renferme 301 pages et est partagée en *trois livres*. Le dernier de ces livres est de Borstel, qui l'a signé : « par M. D. G. » (Par M. de Gaubertin). La seconde partie du volume, qui renferme 379 pages, ne forme qu'un seul livre, et est de Borstel seul, car on lit en tête : « Livre quatriesme, par M. D. G. »

Le nom d'Honoré d'Urfé valut à ces deux volumes un accueil si enthousiaste, que le libraire Fouet les réimprima tout de suite, c'est-à-dire en 1626, une fois et peut-être bien deux, si j'en juge par quelques différences que présentent entre eux, malgré leur conformité générale, les volumes de la nouvelle édition. Quant à la dissemblance de celle-ci avec celle que je viens de décrire, elle est frappante sous le rapport de la forme, car pour le fond les deux éditions sont identiques : la dernière est aussi évidemment française que l'autre paraît étrangère. Voici les seules différences qu'elles offrent au point de vue de la composition :

La deuxième édition de la cinquième partie ne renferme pas l'extrait du privilége, qui est à la première, mais elle a de plus un errata qui ne se trouve pas a celle-ci, et qui s'explique par la précipitation qu'on mit à faire cette réimpression, pour satisfaire l'empressement du public. Nous avons vu que la première édition n'avait que 628 pages ; la deuxième, imprimée en plus gros caractères, n'en a pas moins de 1125.

La deuxième édition de la sixième partie est en tout conforme à la première, sauf qu'il n'y a qu'une seule série de folios qui va jusqu'à 1292, tandis que la première édition ne renferme que 680 pages en deux séries de numéros.

Il y a à la bibliothèque de l'Arsenal deux exemplaires de cette deuxième édition. Sur l'un on voit à la fin du premier volume une marque du libraire Fouet, qui ne se trouve pas à l'autre : c'est le Temps, armé d'une faux, avec cette devise : *Virtus sola aciem retundit istam;* sur l'autre, au contraire, la marque se trouve au second volume ; mais c'est une marque un peu différente, dont la devise est ainsi conçue : *Hanc aciem sola retundit virtus.* C'est là une des raisons qui me font croire à l'existence de deux éditions françaises au lieu d'une.

Quoi qu'il en soit, il est à remarquer qu'on a cherché à donner à cette nouvelle impression des cinquième et sixième parties l'aspect général des autres volumes de l'*Astrée*, que la première édition n'avait pas. Quant aux gravures, elles sont copiées sur celles de la première édition (qui étaient restées sans doute chez l'imprimeur de celle-ci), mais si maladroitement, qu'elles se trouvent dans le sens inverse. Deux d'entre elles sont signées *Cris. van Pass in. et f.* (Crispin van Pass invenit et fecit), c'est-à-dire qu'elles ont été dessinées et gravées par Crispin de Pass. Il est assez étrange qu'on ait fait faire cette gravure par un Hollandais alors qu'on allait faire imprimer le livre en France.

Borstel ne se serait probablement pas arrêté là, car sa sixième partie ne renferme pas la conclusion de l'ouvrage, si la famille d'Urfé n'eût résolu de mettre un terme a cette exploitation scandaleuse du nom du défunt. Dans ce but, son neveu, Charles-Emmanuel, celui-là même qui lui avait fermé les yeux, réclama au duc de Savoie, dont il était le parent et le filleul, les manuscrits de son oncle, et chargea Baro, qui avait été le secrétaire et l'ami de celui-ci, d'achever le roman d'après les dessins du maître.

Baro fit paraître la véritable quatrième partie le 5 novembre 1627, avec ce titre : *La vraye Astrée, etc.*, quatrième partie. Le volume est orné du frontispice de Léonard Gaultier, avec la date de 1628, chargée. L'écu de France et de Navarre remplace le nom du libraire dans le cartouche du bas L'exemplaire de ce volume que j'ai vu à la Bibliothèque impériale porte le nom de Toussaint du Bray sur le titre imprimé. Du reste, ce libraire n'était qu'un des associés de la compagnie chargée de la vente du livre. Le premier titulaire fut François Pomeray, éditeur de la quatrième partie publiée par mademoiselle d'Urfé, ou, pour mieux dire, il n'y eut pas de nouveaux traités, car le privilége qui paraît sur la quatrième partie de Baro est celui qui figure sur le volume de mademoiselle d'Urfé, et qui est daté du 20 novembre 1623. A la suite vient le traité de Pomeray avec Tous-

saint du Bray, Jacques de Sanlecques et la veuve d'Olivier de
Varennes. Ces libraires, qui probablement n'avaient plus depuis
longtemps d'exemplaires de la quatrième partie de mademoiselle d'Urfé, consentirent volontiers à remplacer ce volume par
celui de Baro.

Le livre de ce dernier, dont le texte n'a pas moins de 1343
pages, outre les pièces liminaires, commence par une dédicace
à la reine, suivie d'un *avertissement au lecteur*, dans lequel,
faisant allusion aux deux volumes de Borstel, Baro dit qu'il a
« failli mourir de douleur quand il a vu que l'intérêt d'un in-
fâme gain avoit porté un libraire à déchirer les écrits et la réputation d'Honoré d'Urfé, en voulant faire passer pour légitimes
deux enfants supposés, qui, sous l'autorité de son nom, n'ont
pas laissé de courir toutes les parties du monde. » Il ajoute que
le dessein de son maître avait été de faire de toute son œuvre
une tragi-comédie pastorale dont les cinq parties ou volumes for-
maient les actes, et les douze livres de chaque volume les scè-
nes. C'est en effet la forme qu'il avait donnée aux volumes précédents et que reçut le quatrième, publié sur les manuscrits de
l'auteur.

Baro fit ensuite paraître, la même année (le 31 décembre
1627), la cinquième et dernière partie ou *conclusion d'Astrée*,
qui est presque entièrement de sa composition, et qui peut-
être seule lui valut l'honneur d'être admis à l'Académie française.

Son livre commence par une épître « à très-haut et puissant
seigneur messire Ambroise Spinola, » auquel Baro adresse cet
éloge : « Je ne m'esloigne nullement du dessein qu'avoit feu M.
d'Urfé de ne mettre cet ouvrage que sous la protection des cou-
ronnes, puisque ni lui ni moi n'avons jamais sceu faire de diffé-
rence entre posséder des empires et les mériter. » Puis vient une
allocution *à la bergère Astrée*, suivie d'un avis *au lecteur*, pour
le prier de ne pas lire cette conclusion avant d'avoir vu la vraie
quatrième partie publiée récemment par lui Baro. Après cela
vient le privilége du roi pour dix ans, daté du 10 novembre
1627, un extrait du registre des requêtes, daté du 18 novembre,
un extrait du traité de Baro avec le libraire François Pomeray, et
enfin un extrait du traité de ce dernier avec les libraires Antoine
de Sommaville et Augustin Courbé, qui furent associés dès lors
à la vente du livre.

Le texte proprement dit forme 900 pages d'impression, après
quoi viennent quatre pages occupées par la table et un extrait
de privilége d'une date différente que celui qui est en tête du
volume. On y lit en effet : « Par grâce et privilége de Sa Majesté, donné au camp devant la Rochelle, le 6ᵉ jour de décembre
1627, etc. » Il y a donc eu deux priviléges pour ce livre, l'un du
10 novembre, l'autre du 6 décembre 1627.

Le livre est orné de quatre gravures spéciales en taille-
douce ;

1º Un frontispice représentant sur le premier plan *Céladon* et *Astrée* se faisant face, et sur le second plan la *Fontaine de vérité d'amour* gardée par deux lions et deux licornes. Cette gravure a été exécutée par Claude David (C. D.), d'après un dessin de Rabel. Elle est datée de 1628, comme le titre imprimé, qui vient ensuite.

2º Le portrait d'Honoré d'Urfé, d'une nouvelle gravure signée J. Briot, et accompagné de ce quatrain, signé *Baro* :

> Un savant peintre entreprit
> De tirer au vray ton visage ;
> Mais nul que toy n'eut le courage,
> Urfé, de peindre ton esprit.

3º Le portrait d'Astrée, regravé par Briot, avec les vers barbares que j'ai déja transcrits :

> Duquel prends-tu plus d'avantage, etc.

4º Enfin, le portrait de Baro, avec ces vers signés *de l'Estoille* :

> Cher Baro, bien que ton visage
> Paroisse en ce fameux ouvrage
> Aussi bien peint que ton esprit,
> Ton livre a des graces si belles,
> Qu'il semble qu'amour l'ait escrit
> D'une des plumes de ses ailes.

On lit au bas : *Ferdinand pinxit*. — M. *Lasne fecit*.

La *conclusion* de Baro fut désormais la seule admise dans les éditions complètes de l'*Astrée*. Elle fut réimprimée en 1630 : j'en ai vu un exemplaire à cette date, au nom du libraire François Pomeray. J'en possède un exemplaire publié en 1632, par les libraires Antoine de Sommaville et Augustin Courbé, avec des gravures en taille-douce à chaque livre, et portant cette indication : « Troisième édition, revue et corrigée. » La bibliothèque de l'Arsenal possède un exemplaire publié en 1633 par les mêmes libraires, mais sans les gravures, portant : « Quatrième édition, revue et corrigée. » Cette édition est en tout conforme à la précédente, sous le rapport typographique ; elles ont toutes deux 986 pages de texte, et je ne suis pas éloigné de croire que c'est le même livre, sauf les gravures, qui manquent à la dernière. On aura fait cette édition sans gravures pour compléter les anciennes éditions des quatre premiers volumes de l'*Astrée*, également sans gravures.

Ce même volume fut réimprimé au moins encore une fois, en 1647, dans une édition générale dont nous allons parler. C'est donc cinq éditions qu'a eues ce volume, et Dieu sait à quel nombre il dut être tiré dans les premières. Quant aux éditions des autres volumes, il serait impossible de les indiquer toutes, attendu qu'elles se suivaient à intervalles irréguliers, et furent exécutées dans différentes villes lorsque le privilége des premiers libraires fut expiré. Outre les éditions des deux premiers volumes que j'ai déjà citées, il y en eut une en 1627, pour correspondre aux deux derniers volumes publiés par Baro.

Je possède un exemplaire de la seconde partie publiée à Lyon en 1631, par le libraire Simon Rigaud (in-8), avec un titre gravé représentant Céladon et Astrée; mais d'un dessin particulier, signé J. B. (Jean Boulanger) et orné dans le haut d'un écusson chargé en chef de trois croix patées, et dans le champ, de larmes et de deux os en sautoir, avec cette devise : *Dignus amoris*. J'ai trouvé ce volume en Savoie. Rigaud imprima-t-il d'autres volumes de l'*Astrée*? Je l'ignore. En tous cas, il ne pouvait publier ni le quatrième ni le cinquième, dont les priviléges n'étaient pas encore expirés. Quant au troisième, j'en ai vu une édition de 1631 (achevée d'imprimer le dernier janvier 1631) avec le nom des libraires parisiens Nicolas et Jean de La Côte; mais avec le titre gravé de Léonard Gaultier (1), ce qui prouve que cette édition avait été faite par les libraires titulaires.

Dans l'impossibilité de citer toutes les éditions d'un livre aussi répandu, je me suis attaché seulement à faire connaître la première édition de chaque volume; je crois être arrivé à un résultat assez précis, sauf, en ce qui concerne le premier volume, dont la première édition reste encore à découvrir.

En 1632, le libraire Augustin Courbé, associé à la publication du dernier volume par François Pomeray, qui était probablement mort depuis, eut l'idée de faire une édition uniforme de l'*Astrée*, et fit graver pour cela un nombre considérable de planches, c'est-à-dire une pour chaque *livre*, soit en tout *soixante*, outre le frontispice, représentant, sur le premier plan, Céladon et Astrée se faisant face, et, sur le second plan, le cours du Lignon. Courbé obtint, pour cette entreprise, un privilége spécial de dix ans, daté du 11 janvier 1633. On lit dans ce privilége : Nostre bien amé Augustin Courbé, marchand libraire en nostre ville de Paris, nous a fait remonstrer que depuis quelque temps il avoit fait faire une très-grande quantité de dessins, et iceux fait graver en taille-douce sur cuivre, représentant les principales histoires de l'*Astrée*, composée par le feu sieur d'Urfé, en cinq volumes, suivant l'intention que le feu sieur d'Urfé avoit eue avant son décès; lesquels dessins et gravures lui ont causé une notable despense, et n'oseroit les mettre en lumière, de peur que quelques imprimeurs ou autres de nos sujets ou estrangers ne les contrefassent, s'il n'a sur ce nos lettres de privilége.. A ces causes, etc. » Courbé associa à son privilége Antoine de Sommaville, déjà lié avec lui pour la publication du dernier volume.

L'édition à gravures parut en 1633, avec le frontispice au nom des deux libraires, mais avec des titres imprimés portant

---

(1) C'est la dernière fois sans doute que cette gravure fut employée. On n'y voit plus le nom de l'artiste ni la date qui l'accompagnait.

seulement le nom de l'un ou de l'autre. Trois volumes sont datés de 1632, ce sont les deuxième, troisième et cinquième. Le frontispice, imité de celui de Léonard Gaultier, est signé Daret; les autres gravures signées portent les noms de Rabel et de Clément David d'une part, ou de Michel Lasne seul.

Outre les gravures dont je viens de parler, on voit reparaître dans cette édition les portraits d'Honoré d'Urfé, d'Astrée et de Baro, qui figuraient déjà dans les autres.

Les mêmes libraires firent imprimer, quelques années après, à Rouen, une autre édition de l'*Astrée* (avec les mêmes gravures retouchées), datée de Rouen et Paris, 1647. Ils se partagèrent cette édition, en faisant faire des titres spéciaux pour les exemplaires qu'ils s'étaient réservés. Sur le frontispice même, ils firent substituer le nom de l'un à celui de l'autre, d'une façon assez grossière. Dans la retouche de ce frontispice, le nom du graveur a disparu.

Cette édition est la dernière qui ait été faite de l'*Astrée*, car je ne compte pas l'édition retouchée par l'abbé Souchay et publiée en 1733, en cinq tomes formant dix petits volumes in-8 (Paris, *Witte*).

Outre ces éditions françaises, il y en eut dans toutes les langues de l'Europe. J'ai vu, à la Bibliothèque impériale, le premier volume d'une édition allemande publiée à Mümpelgart (Montbéliart) par le libraire Jacob Foillet, in-8, 1619, et le premier volume d'une édition en italien, publiée à Venise en 1637, in-4. Quant aux imitations françaises et étrangères, il serait impossible de les mentionner toutes.

Cependant, pour être juste, nous devons dire que l'engouement pour l'*Astrée* ne fut pas universel. Avant que ce roman ne fût achevé, il se produisit en France une assez vive réaction. Dès 1627, Charles Sorel publia son *Berger extravagant*, en trois volumes, ou, pour mieux dire, en *trois parties*, comme l'*Astrée* primitive, dont il a emprunté la forme. Cette satire, ornée également de gravures en taille-douce, eut pour éditeur Toussaint du Bray, l'un des libraires qui avait été chargés de la vente des trois premiers volumes d'*Astrée*, et qui fut encore chargé de la vente des deux derniers. Il est vrai qu'à ce moment-là du Bray était au repos, par suite de la publication de la cinquième et de la sixième partie de l'*Astrée* de Borstel, faite par Robert Fouet. Peut-être même la concurrence entra-t-elle pour quelque chose dans la publication du *Berger extravagant* par Toussaint du Bray. Quoi qu'il en soit, ce dernier livre eut aussi plusieurs éditions, et il les méritait. L'avant propos du premier volume est une critique fort vive de l'outrecuidance de certains écrivains de roman, et serait encore de mise aujourd'hui.

Peut-être conviendrait t-il d'aborder ici la question des allusions prétendues renfermées dans l'*Astrée*; mais, en vérité, j'ai beau étudier la question, je ne vois rien à ajouter à ce que j'ai dit sur ce sujet dans mon livre, pages 206 et suivantes, et dont voici la conclusion : « Rien dans le cours du roman ne m'a semblé pouvoir s'appliquer d'une manière directe à ce qu'on sait de la vie d'Honoré et de son frère Anne, malgré les explications de Patru, de Huet et des autres. »